# 現世《いま》の綺羅星たちへ

～希望はあると知っていて～

香取大志《かとりひろし》

JN154187

みんなハッピーな世界を望む
すべての人たちへ

目次

# はじめに

ライトワーカー（光の仕事人）とか。
ライトウォーリアー（光の戦士）とか。
あくまで個人的な好みとして、僕はこれらの表現を使わない。
でも、ここではむしろ用いるのが適した言葉だと思うので、使うことにする。

このあとにつづく物語と考証は、その、光の仕事人や戦士である皆さんに向けて、そして今後それらになるであろう皆さんに向けて書かれているものです。

定義からして物語の諸編はノンフィクションですし、考証をあわせた全編をドキュメンタリー小説とみなすこともできます（僕をのぞく全ての登場人物には仮名を用います）。

伝えたいことは、ごく単純。

「安心してお役目に励んでいってください」ということ。

ライトワーカーやライトウォーリアーの方々には、自分がそのひとりだと自覚している方もいれば、気づいていない方もいるでしょう。

どちらにしても、その方々の多くは、なにかしらな行動をとってきている、活動をしてきているものと思います（今現在は行動していないとしても世界の在り方について「望み」があるのでは）。この世界が、社会が、よりよいものになるように、ご自分の焦点をもって、言葉を発しては行動して、その在り方でもって体現して、働きかけてくださっているはず。

確信もあり、信念もあり、精力的につとめている。

つとめて・つとめて、だからこそときに落胆することもあるはず。気落ちすることも、失望することも、ともすれば自己不信になることも、絶望的な気持ちになることもあるはず。

もちろん、それが一過性であること、ただの過程であることも分かっているはず。遅かれ早かれ、確信をあらためて、信念をとりもどして、気力をもりかえす、なんてことも経験ずみでしょう。


その「遅かれ早かれ」が、ただ「早い」ものになる助けになること。

はたまた、そもそも落胆や失望におちいらないでいる助けになること。

そうして、いかんなく力を発揮しつづけていく助けになること。

さらには、危機感や焦りに突き動かされてではなく、明るいゆく先にむかって働きかけているのだ、という意識でお役目に励んでいく助けになること。

それが、これをしたためている目的であり、願いです。

「安心して・励んでいって」と僕などが言い切れるのは、なぜか。

その根拠はこれから本編でお伝えする物語と考証そのものであり、それは次のような構成になります。

人生の目的編
前世編
前々世編
考証編

この物語をお伝えする目的がすでにわかっている、ということは、すでにネタバレしている、ともいえます。

なにも気にせずに「自分なりの最善を尽くしていればよいのだ」と得心されているとしたら、それも最高なこと。

ですから、この物語はただの娯楽としてお読みになってもらえれば幸いです。

あなたと語らっていくこと、楽しみです。

香取大志

# 人生の目的編

## 静夜の閃き

二〇〇三年、晩秋。

僕は当時イギリスにいて、首都ロンドンの中心からみて南方にあるブリクストン・ヒルという住宅街のアパートで暮らしていた。

香取ヒロシ、二八歳、学生。

おもに英語に磨きをかけることに専念して、英語教師の資格をとって三十路をむかえるためにけっこう真面目に勉強していた。ほかにも芸術史や物理学などをかじるように学んでいる。週の半分ぐらいは友達が経営するバーやダンスクラブを手伝ってもいて、そこで思いっきり踊ることも僕の生活には欠かせない。

僕には、二十代をとおして念頭にある事柄があった。

別段それを考えていたいわけでもないし、ずっとおぼろげなままの事柄。そのくせに、つきまとうように、ふとたまに頭に浮かんでくる。

(西暦三〇〇〇年はくるか)

と心のなかで問うと、

(こないな)

とすぐに自答する。

即答してしまうぐらい本当にそう思うから。

(二五〇〇年は？　うん、こないな)

(二二〇〇年は？　ふむう、こない気がするはする)

いわゆる「世界の終わり」の話。

それが、ごく大雑把ではありながらも予測できるぐらいの未来にある、と思っていた。

僕は、学校から帰宅するとまずテレビをつける。

つけっぱなしにして、つねに英語が耳に入ってくる状態にしておく。そうしておいて、宿題をやって、イギリスの新聞や本をよんで、日本の歴史小説をよむ。ひととおりの勉強が終わると、夕食をとる。

北海道をこえるほど高緯度のイギリスでは、冬季の夜がながい。白ペンキでふちどられた縦長の上げ下げ窓には深い暗闇がのぞいている。部屋のなかは明るくて、暖炉を模して壁に埋設された暖房器のおかげであたたかい。それらが対照しあいながら同居している感じに、英国風情が感じられてわるくない。

とても静かな夜だった。

そのときの僕は、イスに座って、なんとも所在なく過ごしていた、と記憶している。

今日一日分の読書欲はもう満たされて、つけっぱなしのテレビもそのままに聞き流していると、

(あっ)

閃いた。

ほうけた顔で座っている僕の頭から体の芯をとおって、ぱん、とひとすじ疾るものがあった。

(この文明、もう長持ちしないな)

確信した。

今までみたいにおぼろげな感覚とは明らかに違う。

# 思考のゆく先

この文明は、もう長持ちしない。

そう確信した僕は、ほうけた顔のままで思考をめぐらせ始めた。

(僕は不老不死じゃない。いつかいなくなる)

僕ができることはなにか。

僕がいなくなったあとにも残るもの・さらに進んでいくもの。僕がいようといまいと関係なく効力をもちつづけるもの。

(バカ長い板のうえでビー玉を転がすようなもんだな)

果てしなく長い板の片端をもちあげて、そこにビー玉をおく。転がっていくビー玉が板から落ちないようにして、転がり続けさせてやる。

（そっちじゃないよ、ほらこっち、おっと行きすぎ、あらよ、ってね）

ビー玉が右によるなら板の右側をクイとあげて、左によるなら左側をあげて、なるべく中央に保つ。

（目的、問題、判断、選択、実行、解消）

目的は、ビー玉を板から落とさずに転がし続けること。落ちそうな状況は問題であり、左右どちらかに傾いている、という問題点がある。それを判断して、低いほうを持ちあげるという対策手段を選択して、実行して、ビー玉を中央によらせて、問題は解消。それが延々とつづく。

（いつでも、みんなで、問題を解消していける人々であることだ）

関わる人々、すなわち当事者とよばれる人の全員。数の大小を問わずいえることだし、究極的には、世界全体のことなら世界人口のすべてが当事者になる。

その人々が、随時、その時々にある問題・浮上する問題に対応して、解消していけること。いっしょに問題点を知って、よい手段を見出して、採択して、実行して、解消していける人々であること。

都合のよい結果・展開をもたらす選択を重ねていくなら、問題はへっていくし、世界の質は高まっていく。

都合のよくない結果・展開をもたらす選択を重ねていくなら、問題はふえていくし、しまいには破滅にいたる。

都合のよくない結果・展開をもたらす選択が、たくさん・たくさん重ねられてきて至っているのが今なのだ。

なにをよいとして、なにをよくないとするか。

なにを大切にして、選択における前提・必須条件とするか。

なにを優先して、なにを優先しないか。

（その判断基準になるのは、僕たちが「価値観」と呼んでるものだな）

よい価値観とは、都合のよい結果・展開をもたらす選択肢を見出すことを可能にして、それを実際に選択させるものだ。

この文明が、社会が、破滅から遠ざかることに寄与する選択にいたらせるものだ。

（うん）

そんな「よい価値観」が、広まっていくこと、そして定着していくこと。

（僕はそれに貢献してこの世を去ろう）

思考の流れ着いた先で、突如として、人生の目的が定まった。

この瞬間まで、まったく探し求めてさえいなかったのに。

# 前世編

## 視える人

年月すぎて、二〇〇八年三月。

僕は東京に住んでいて、英語専門学校の講師になってちょうど一年がたとうとしている。それに加えて、ある人物とともに英語教材の制作プロジェクトを進めていた。

渋谷区の恵比寿には、行きつけのバーがある。駅前をとおる駒沢通りから外れた静かな一画にある、小さくて居心地のよい店。そこに帰宅途中に立ち寄ったり気分転換に出向いたりして、かるく引っかける程度に飲むのが僕は好きだった。

「Hola! Como estas?!」（やあ！　調子どう⁉）

その日は、片言のスペイン語をまくしたてながら登場した。店主のリョウくんは南米とのハーフだから、たまにこうしてふざける。

「ヒロシくん、おかえり～」

リョウくんがいつもどおりのゆるさで迎えてくれる。見慣れた面々が店内を満たしている。

「Cerveza, por favor!」（ビールちょうだい！）

歩み寄って、バーカウンターを叩きながら注文。

その僕のわきには、初めて見る若い女性がいた。じっとこちらを見ている。

突然うるさく登場して驚かせたかな。

「ヒロシくん、ミワちゃんだよ」

リョウくんが紹介してくれた。

「Miwa! Bonita!」（ミワ！　美しい！）

僕は調子をくずさず、あちらも楽しんでくれている様子。その後も会話は弾んで、きれいな子との出逢いに浮かれた夜だった。


暦はかわって、四月。

僕はミワさんと会って飲むことになった。

下北沢のバーで、ふたりテーブルに就いて駄弁る。

ミワさんは、いつかスペインに行きたいと思っている、という。それもあって、初めて会ったときは僕が片言のスペイン語で乱入するように登場したのが痛快だったらしい。

話しているうちに、ミワさんが「視える人」だと知った。

たしかに、初めて会ったとき職業をたずねると「占い師」だと言っていた。

でもそれは便宜上のもので、実際には占術をとおさずに視える人だった。

「わたしね、前世では刀鍛冶だったの。職人として、いい刀をつくる、ってことだけを考えて仕事してたけど、その刀でたくさんの人が傷つけられたから今世では人を助けるために生まれてきてる」

僕は、この手の話がきらいではない。と同時に、信じるもなく信じないもなく、ただ「疑わない」という立場をとる。ミワさんが刀鍛冶だったということもそう。本当かどうかは、より情報がでてくるに従って明確になっていくだろうし、本当でないならそれで構わない。

「わたしの元カレは、前世でわたしがつくった刀で戦って、たくさんの人を傷つけた人だった」

内容とは裏腹に、ミワさんの口調は酒の席らしく明るい、というか明暗の表情がゆたかだ。彼女にとっては慣れた話なんだろう、僕は「へぇっ」と素直に驚きながら聴いている。

「僕の前世はどんなだったんだろう」

あ、口がすべった。

とくに自分の前世なんて知りたいわけでもないのに、軽々しく言ってしまった。独り言のように言ったとはいえ明らかに問いかけになっているし、視ることを仕事にしている人に対して失礼でもある。あちらが本当に答えると思っていなかったのも、油断の一因だったはず。

ミワさんの表情が消えた。

焦点なく開いた両目で僕をみつめて、瞳は曇りがかった深みを帯びている。

（なんだ、こりゃ）

心臓が、自分で聞こえるぐらい異様に大きく拍ちだした。汗ばんできたし、ちょっと息苦しい、けれど目をそらすことができない。

（つかまった）

明らかに、僕の内側が接触されている。

そのときの沈黙は、焦りをおぼえる僕にはちょっと長く感じられた。

ミワさんの表情がないまま、脱力した口がうごいた。

「あなた、たくさんの命を奪った」

(えっ？)

「あなた、英雄だった」

## 黒馬と剣

「あなたは、自分の人々をまもるために戦ってた」

ミワさんはつづける。

「大きな黒い馬にのって、大きな剣をもって、ターコイズのマントを羽織ってる」

僕は武人だったのか。しかも剣で戦っていたというのは、ちょっと納得してしまう。

小学生から中学生のころまで、僕は剣道をやっていた。段もないヘナチョコだったし剣道部を引退してからはそれきりだったけれど、二十代に入ってからふと実家にある父親の木刀をとって素振りし始めた。それ以来、海外に住んでいても必ず木刀を手に入れて振っていたし、これを書いている今にいたるまで木刀を愛してやまない。ちなみに父親の木刀は、拝借したまま今では形見になっている。

しかしながら、ターコイズのマントとは派手だな、とは思ってしまう。その格好からして、日本の武人ではないだろう。

「普通だったら武将って後ろに控えてるものなのに、あなたはいつも真っ先に駆けていってね。敵に対しては、まず威嚇して、逃げる人はそのまま追わないで、それでも向かってくる人だけを斃してた」

やっぱり、日本じゃないようだね。

例えば西洋でも、騎士は長い年月をかけて育成されるし、基本的には貴族の出だからそう簡単に死なせられないため後ろに控えているものだったらしい。一番駆け・一番槍などというものは、日本独特のいくさ文化なのだと思われる。

我ながら、敵とはいえむやみに人をあやめない人物だったようで嬉しい。おそらく敵も味方もいちばん死傷者がでない戦い方をしていたのだろう、と思ったのは、このあと何年もたってからのこと。

「あなたは君主の親友だった。君主とふたりだけのときは親友として話しをして、他の人もいるときは家臣として話した」

「へえっ」

君主の親友とは、なんとも、じつに光栄な話だ。きっと素晴らしい人物だったに違いない、ふたりの振舞い方もまた節度が感じられて好ましい。

「あなたには奥さんがいて、息子がいた。娘もいたかも知れない」

僕が家庭をもっている、なんだか不思議に感じる。そう感じる必要もないことなのだけれど。

「あなたは息子に、自分とおなじ道にいってほしくなかった」

「戦士にならないでほしかった、ってこと？」

「そう。だから、いくさから帰るときは必ず身体を清めにいってた。家に帰ると息子が抱きついてこようとするけど、それもさせない。決まった順序でものごとを済ませたあと、奥に座ってからやっと、よしおいで、って抱きあげるの」

なるほど、いくさの余韻を断つために儀式のような行程をふんでいたわけだ。

「でも息子は、お父さんの強さにあこがれて、自分も戦士になった」

まあ、不思議じゃない。僕が剣道をはじめたのも、父親が昔やっていたのを知っていたからだ。

「あなたがいくさから帰ってくると、『今日は何人ころしてきたの⁉』って最初に訊いちゃうぐらい、強いお父さんが好きだったの」

「それはまた……」

苦笑した。

かわいい振舞いで物騒なことをいう息子だな、と思った。

「でもね、あなたは馬が下手だった。息子にも笑われるぐらいだったんだよ。『お父さんは剣はそんなに強いのに、なんでそんなに馬がヘタなの〜？』って」

そうだったのか、僕は顔をゆがませてまた苦笑。

「でも馬に助けられたこともある」

へえ、馬のおかげでピンチを脱したとか、そういうことかな。

「それって、いつごろの話だろ」

「八〇〇年ぐらい前」

日本でいうなら鎌倉時代になるころか。なんとなくだけれど、それ以前ではない気がする。西洋なら十字軍の遠征、大陸ではモンゴル帝国が勢力をふるっていた。

「日本？　ではないよね？」

「うん、日本じゃない」

どうも、騎馬民族だったようだな。

ミワさんの話を聴いていても、だだっぴろい平原を感じさせるものがある。

## 因縁

ミワさんと飲んでからの二日三日は、仕事をふくめて目の前のこと・日常のことが手につかない思いだった。

くらくらと目眩さえする。

視て、教えてもらった前世の話には、正直なところ昂揚を禁じ得ないでいる。

民衆をまもるという大義をもった負けなしの武人、しかも君主の親友。

(……つつしむべし)

肩をさげて、ふうと息をはく。

前世で何者だったとしても関係ない、今の僕は今の僕でしかない。それだけが確かな事実だし、今の僕なりに今の僕をよく生きていくだけだ。

くらくらしていた理由は、もうひとつある。

(僕はそんなに人を殺してたのか)

それを思うと、まったく嬉しくない。知らないことなのに後悔のような気持ちが湧いてくる。

その後、僕とミワさんは急速に恋仲になっていった。前世のことについても、思うことあれば質問させてもらった。

「たくさんの人を殺して、僕はどんな気持ちだったんだろう」

「それは、その時代にとっては普通のことで、悪いことじゃないよ。あなたも悪いとは思ってなかった」

腑に落ちきらないけれど、まあそういうことか。

「僕はどうやって死んだ？　僕に殺された人たちみたいに戦場で死ぬべきだと思っちゃうけど、志なかばで死ぬわけにもいかなくて恥を忍んで生きつづけたとか？」

「ううん、あなたは戦場で死んでない。天寿をまっとうして、とても幸せな死に方をした」

いかにも心温まるものを見ているような目線と表情でミワさんはいう。

そうなのか、家族みんなに看取られながら逝ったのかな。

ほどなくして、ミワさんはあることに気づいた。

「あ。あなた、わたしの元カレのお父さんだ」

「そうなの？　ミワさんがつくった刀で戦ってたっていう？　僕の息子だったのか」

体つきなどの特徴もよく似ていて、僕を知っている友達がその元カレさんの写真をみたとき、「ヒロシとソックリやん」と言ってもいたらしい。

この世界では僕より三つ年上の男性で、刃物をさわれない、けれどハサミをもつと目の色がかわる、腕のよい美容師だという。

「はは、おなじ因果だな。僕は木刀が大好きだけど真剣には興味ない」

あるときは、僕のもと嫁さんの話になった。

視ているあいだのミワさんは、目に焦点がなくなって、あたかも自分の心のなかを探っているように話す。

「ヒロシくんの奥さん、どこかで絵に残ってる、たぶん」

高貴な人だった、ということか。

僕はその人をとても愛していた、とミワさんはいう。

「きっと、素晴らしい女性だったんだろうねえ」

「わたし、会ったことある」

「え、前世で？」

「ううん、今世で。元カレが『すごくお世話になってるんだよ～』って紹介してくれたことがあってね。ずっと年上で、その人も視える人で、『わたしたち前は親子だったのよ』って言ってた」

家族そろって今の日本にいるとは、なんだか笑えてくる。

「当時はわたしがひねくれた見方をしてたけど、いま思いかえすと、うん、素晴らしい女性だった」

それはそれは、僕も会ってみたいものだ。


前世をひきあいに嫌味をいわれることもあった。

「ほんと言葉数がおおいね。前世では寡黙だったのに大違い」

「身体的にも精神的にも、今のヒロシくんより強かったよ。背も今より高かった」

ふむ、うるさいな。


僕の住まいの壁には、日本地図と世界地図が貼ってある。

ある日、ミワさんは僕が前世で暮らしていた場所を示してくれた。

「ヒロシくんがいたのは、このあたり」

ロシア連邦の南部、バイカル湖をかこうように指をめぐらせる。

「やっぱり、僕は騎馬民族だったか。ロシア民族と戦ってたのかも」

三日月のかたちをした、世界最深にして最大の透明度をもつ湖。その周辺はロシア連邦に含まれるけれど、もとはモンゴル系民族の天地だ。


さらに、まさしく八〇〇年前ごろ、一三世紀の初頭にモンゴル帝国が興った地域だ、ということまでは当時まだ知らなかった。

# 前々世編

## 早朝の知らせ

僕とミワさんの仲が、公式な交際になろうとしていたころだったと思う。

ある朝っぱら、午前五時ごろ。僕は夜通しやっていた英語教材の制作作業にひと区切りをつけて、今まさに寝ようとしていた。

そんなところに、携帯電話がふるえて、電子メールの着信音が鳴った。

(うわ、いまメールくる?)

緊急の連絡でないことを祈りつつ画面をみると、ミワさんからだった。

「すごいよ！　あなたやっぱりすごい人だあ！」

内容はこれだけ。なんとも出し抜けに、ずいぶん興奮している様子。

僕も、つよく興味をそそられた。けど今はとにかく眠い。

「おはよーう！　あはは、なにか視えたのかい？　よかったらこんど会うときにでも聴かせてよ」


それから二日ほどして、僕たちは恵比寿のバーで会った。

店主のリョウくんに飲み物を注文して、僕はバーカウンターにひじをかけて、もたれながら訊く。

「それで、あれはなんだったの？」

なにを聞いても平然としている心の準備ができている。

ミワさんは、気持ちを落ち着けるようにひと息ついて、話し始めた。

「こういう人がいる、って言われてはいる。でも実際に見たことがある人はいない。そんな種類の人がいてね」

（……ふむ）

僕はつづきを待っている。

「わたしは、わたしの師匠からそれを教えられたの。『すごく珍しい、けどいるにはいる』って。その師匠も、そう聞いてるけど自分では見たことがない」

「どういう種類の人？」

「未来から転生してきた人」

（なるほど）

「へぇ、僕は未来から転生してきたんだ」

ミワさんは吐息だけをもって、うん、というように点頭した。

なんとも、漫画みたいだこと。

「でもさ、僕は八〇〇年ぐらい前の騎馬民族だったわけじゃない？」

「それがひとつ前の前世。ふたつ前の前世で、ヒロシくんは未来に住んでたの。前世と前々世が、今の人生に大きく関わってるんだよ」

聴いていると、ずいぶん遠い未来の世界だと思われた。

農業をするにも土が要らない、本をよむにも紙が要らない、など。それらの技術は、一般化していないとはいえ現代でも実現してはいる。

決定的だったのは、人種という概念がなくなっているぐらい人々が混ざっている、ということだった。その未来の世界に生きていた僕は、見た目でいうなら白人の男性だったらしい。

ともあれ、かつてロンドン暮らし時代に閃いた「この文明はもう長持ちしない」という確信とは相容れない話だ。このとき初めて、僕は声に驚きの色をまじえた。

「ほぇ〜っ、この文明って、まだそうそう滅びないんだねえ！」

ミワさんは、声をおとして即答。

「あなた、それを見てるのよ」

「ん？　文明が滅びるところ？」

「うん、そのとき、あなたはそこにいたの」

なんだ、やばい、聴きたい。

わきに目をやると、すぐそこの長イスが空いている。

「ちょ、ちょっと、こっち座ろっか」

腰をおろしながら、僕から口をひらいた。

「その話、すごく興味ある。すごく聴きたい。でもね」

力のこもる声で、両手であちらを抑えるような手振りのあと、人差し指をつよく立てる。見た目でいうなら、とても平然ではない。

「ひとつだけお願いがある」

ミワさんは静かに聴いている。

「僕が、なんで今ここにいるのか、だけは言わないでくれ」

僕には、自分で定めた人生の目的がある。

もちろん、いつかそれが変更・更新される可能性も考慮してはいる。でも今のところ変わっていないし、どちらにしても人から教えられてではなくて自分で決めたい。ただのエゴかも知れないけれど。

「うん、わかった」

ミワさんは、しかりとうなずいて話を続行した。

## 孤独の科学者

「ふたつ前の人生で、未来に住んでたヒロシくんは科学者で」

ほお、それは嬉しい。

僕は科学というものを信奉している。

「世界が滅びるのをとめようとしてた。人々にも訴えてた。でも誰にも理解されなかった」

（……ふむ）

「破滅が始まって、世界がめちゃめちゃになって、人々が殺しあってるのを研究室から見た」

めちゃめちゃ、とは天変地異だろうか。

「あなたは破滅をとめられなかったのを悔やんで、過去に転生した。そして、世界のコースを変えるために生まれてきた」

みずからの語りが流れるままにそう結びながら、ミワさんはしかとこちらに目を合わせる。

僕は一瞬だけ、時間がとまったように絶句。

そしてため息。

（言わないでって言ったのに……）

このツッコミを、実際にミワさんに言ったかどうかは憶えていない。それよりも、この話を聴いてピンと頭をよぎったことの記憶のほうが鮮明だからだろう。

（僕ひとりじゃないな）

僕は「仲間」という言葉を、原則として使わない言葉のひとつとしている。けれど、このときに持った感覚は「仲間がいる」だった。

（おなじ目的で生まれてきてる人たちがいる。各地域にいる。世代がちがう人たちもいる）

未来から来たかどうかの問題ではなく、「この文明を破滅から遠ざける」ことを目的として生まれてきている人々がいる。これまでもいたし、今もいるし、これからも生まれてくる。

なんとなく、僕は日本担当のひとりだろう、とも感じたものだった。

（……それに）

僕が、今・この世界に生まれてきている理由。

言われたくなかったけれど、すでに定めていた人生の目的とかさなる。

僕はあいかわらず、この話を「疑わない」でいる。信じると決めてもいないし、信じないと決めてもいない。本当にそうか・そうでないのかを判定せずに、もたらされた情報・参考材料として取り入れておくに留める。どこから来ていようが今の僕は今の僕で、今の僕にできるかぎりの生き方で生きていくだけ、という姿勢もかわらない。

そのうえで、一致している、といえるほどにかさなる。

ミワさんの話が本当である見込みも高くなる、といえるけれど、もっと大事なのは「よい答え合わせになった」という点だ。僕が定めた人生の目的は、もつべくしてもっている、正しい選択だ、とする確度をより盤石にしてくれるものとして価値が高い。

「僕は、なにを訴えてたんだろう」

「自分たちの生き方はまちがっている、正さなきゃいけない、って」

「なるほどなあ。なんで、誰にも理解されなかったのかな」

「ん〜」

ミワさんが、珍しく即答せずに一考している。

「人々が、がんこ、だった。その世界では、頑固な人たちが多くなってた」

頑固?

意外な答えだ、と思った。どう頑固だったのか、頑固かどうかがそこまで関わってくる話なのか、思考をめぐらせてもよく分からず、ひとまず言葉どおりに受けとることにした。

「あと、あなたの社会的地位が高すぎて、言ってることを誰もまともに受けとめられなかった。世界でトップクラスの科学者だったから」

それもまた、意外だ。世界トップクラスの科学者がいうことなら、まともに受けとめるんじゃないのか、と思ってしまう。

「でも、あなたは人が好きだった。だから滅んでほしくなくて訴えてた」

人が好き、とは微笑ましい。かつて僕自身もよくそう言葉にしていたことがある。

「でもダメだった。それで、あるものをつくろうとしてた」

# 昔を夢見て

ふたつ前の人生で、科学者だった僕は文明の破滅をとめようとしていた。

そして、あるものをつくろうとしていた……。

「なにをつくろうとしてたの？」

「それは言わない」

えー、なんで？

そう訊いて押してもみたけれど、ミワさんは教えてくれない。

僕も、無理やり聞こうとも思わないので押すのをやめた。なにかしら理由があって言わないのだろうし。

それ以後も、ミワさんは僕の前々世についていろいろ教えてくれた。

「背が高くて、体がひょろ長くて、頭はいいけど運動はからきしだった」

「はは、それはまた、そのあとの前世と大違いだね」

といった他愛もない事柄もあるし、人物像や生き方をよくあらわしている事柄もある。

「最先端の科学者なのに、紙の本をよむのが好きだったんだよ」

本をパラパラひらく手つきで、笑いながらミワさんはいう。

たしかにおかしい、僕の古本好きはここから来てるのかな?

「その時代でいう紙の本って、すごい古いんだろうなあ」

きっと、好きが高じて当時は廃れていた言語も読めるぐらいだったのだろう。

「うん、そういう本をよんで、昔の人がどう生きてたかを知ったの。それが素晴らしいと思って、たくさんの本をよむうちに、『私たちは今のままじゃいけないいんだ!』って気づいたのよ」

それを人々にも訴え始めた、ということか。

なんだか、悲壮感をおぼえるぐらい、叫ぶように訴える姿が浮かんでくる。

またあるときは、なにか別の話をしていた流れで、ふと問いかけたことがあった。

「前々世の世界でも、ノアの方舟みたいなことがあったんじゃない？」

「うん、あった。エリートたちが乗り込んで逃げる宇宙船が準備されてた」

「やっぱそうか」

わかりやすい図式だ。そういう人々が、世界を動かしては自分の尻を拭わないものなんだな。

「ヒロシくんも、それに乗るはずのひとりだったんだよ」

「え、僕は脱出しようとしてたのか！」

「ううん、あなたはそれに乗るのを拒否した」

そうか。うん、それでいい。

この話をきいて、後日、もうひとつ思ったことがあったので尋ねた。

「ふたつ前の人生で、僕は自殺したか？」

一緒にくつろいでいたミワさんは停止して、目玉だけをこちらに向ける。

「あなた、ときどき勘がはたらくから困るのよね」

「自殺したんだね。いや、脱出しようとしてたエリートたちを皆殺しにして自分も死んだのかな、と思って」

「ううん、あなたは誰も殺してない。殺したのは自分だけ」

ふむ、そうなのか……。

ちなみに、エリートたちの脱出は成功しなかった、とのことだった。破滅が始まってから飛びたったけれど、ほどもなく落ちたらしい。


このように、ミワさんはいろいろな詳細を、会話の流れで自然に話しだすし、僕から問えばまずもって即答で教えてくれる。けれど、破滅を回避するために僕がつくろうとしていた「あるもの」がなんなのか、時おり尋ねてもそれだけは教えてくれなかった。
そのくせ、こちらが訊いてもいないのに伝えてくることもある。
ある朝、目がさめると、枕元に白板がおいてあった。
百円均一の店などにある、備忘録や家族連絡に使われるような小さな白板。
そこに書いてあった内容は、たしか次のような感じだった。

心から願い
全てを注ぎ
間に合わず
絶望した

（こわ……）
視線も釘付けのまま、おののいた。
（こんなの寝起きに見るようなかたちで置くか？）

前々世での僕のことであることは明らかだ。詩的といえば詩的か、とにかく物凄い重さを感じさせる文句。

きっと、なにか視えるままに書いたんだろう。視ているときのミワさんは自分の意識がひっこんで、情報が降りてくるままに伝える一個の媒体になる。

(間に合わず、絶望した……)

## 先の存在

僕は「視える人」と深いご縁をもつことがが少なくない。

「ヒロシくんて霊感ある人に好かれるよね」と友達から言われたこともある。

ひとくちに視える人といっても、なにが視える・どれだけ視える、といった点で差異がある。幽霊が視える、生き霊が視える、オーラが視える、過去世・未来世が視える、話題にのぼった人のことが視える、などなど。

そして僕が知るなかでも、能力の幅広さと高さにおいてミワさんは抜群といってよいほどの人だ。

後年、ほかの複数の視える人たちから、前世・前々世について僕が教えられたことは本当だという確認をえている。僕が話すのを聴きながらミワさんの能力の高さを感じとって、深く感心して会いたがった人もいる。

ミワさんは、僕の過去世のこと以外にも多くのことを視たし、教えてくれた。僕が当時、英語教材の制作プロジェクトをいっしょに進めていた人物についても、そうだった。

広告業界・出版業界に生きてきた男性で、ある有名雑誌を企画して初代編集長をつとめた経歴をもつ。僕の父親になれるぐらい年上ながら、恐ろしく生命力にあふれていて、また賢い人だった。僕はその人の知識・知能・識見・力強さ・ほか能力全般にあこがれていて、密かに師匠だと思っていたし、ミワさんにもその人のことを嬉しそうに語ったものだった。

ある日、ミワさんがうちに来ているときに、その人と電話で業務連絡をしていたことがあった。

電話をおえてミワさんにふりかえると、あちらは妙に大きな笑顔をこちらに見せている。

「うん、いいね」

「ん？　なにが？」

「カジマさんが、なんでヒロシくんの師匠なのかわかったよ。電話から洩れる声をきいてわかった」

「へえっ、そんなふうにわかりもするのか。で、なんでカジマさんは僕の師匠なの？」

「うんと、ヒロシくんは、人間として生まれてくるのが今世で最後なのね」

あ、そうなの？

「でもカジマさんは、もっと先にいる存在なの。先輩と後輩みたいなものだよ」

ちょっと、質問が渋滞ぎみになってきている。

「うん、なるほど。ちょっと待ってね」

あちらの言うことをしかと受けとめてみせたうえで、話の進行をこちらにゆずってもらう。

「僕は、今世のあと人間にならなくてどうなるの？」

「風になる」

ほお、わるくない。僕が風が好きだ。

藍色も濃くなる夕空を、雲と雲のあいだをとおりすぎながら飛んでいる。そんな妄想を僕は生涯をつうじて持っているけれど、もしかしたら来世の夢なのか、どうか。

たぶん正確には、僕たちからみると風だと認識する、そう判断せざるをえない姿の生物なり生命体なり、なんだろう。実際に意識をもっている存在のようで、「おせっかいな風とかいるからね〜」とミワさんがいっていたこともある。

「その先にいるカジマさんは、なんなの？」

「精霊さん」

ほお！　思わぬ角度からの回答をもらうたびに、僕は言葉がでなくなる。

「いくつかの精霊が、少しずつ自分を持ち寄りあって、ひとつの魂にして、それが人として生まれてきてるね」

「そんな人もいるのかあ」

「うん、すっごく能力が高いし、カジマさんは言葉に強い力があって、言葉で人を動かすことに長けてる。その気じゃない相手でも、あたかも自分でやる気になったみたいにさせちゃうの」

それは、広告・出版の業界人、さらには企画者にもってこいの能力かも知れない。おそらく文字にも力がのるのだろうし。のちのちになって振り返ると、たしかに僕も、わるい意味ではないながらカジマさんに動かされていたな、と思ったものだった。

「でも、そういう人は、数は少ないけどいつの時代にもいるよ。わたしもこれまでに何人かみてるし」

「なるほど、そういう人がいないと、社会は頭のないヘビみたいになるんだろな」

「そう、人間社会を進行させる人たちなの。大企業の社長とか、そういう人だったりするね」

「そんな種類の人なら、いろいろ凄くて当然だわな〜。そんな人といっしょに仕事できてる僕は幸運だ」

「でも、能力は別として、珍しさではヒロシくんのほうがすごいよ。未来から転生する人はほんとにいないから」

ははは、能力は別とするんかい。

自嘲ぎみに鼻で笑いながら目をやると、ミワさんは優しく微笑んでいた。

「稀有だよ」

# 交渉の可能性

ふん、珍しさはピカイチか。

たしかに、いる、と口伝えされてはいても、それを伝えたミワさんの師匠でさえ見たことがないんだもんな。

「魂にとっては時間って関係ないから、過去にも未来にも行き来はできるんだよ。でも基本的には過去に転生するってこと自体がないからね」

「ふーん。僕は特例だったんだな」

「うん、普通はできない」

「それじゃあ、なんで僕はできたんだろう」

ミワさんは、ふむ、と内側に意識をやる。

こういうときのミワさんは、視ているものを適切に描写するための言葉や表現を探しているのだと思われる。

「願いが叶えられた」

ほおっ、また意外な答えだ。

「願いが、叶えられた……」

「うん」

僕が過去に転生することを願ったのは、まあそうだったとして、それが、「叶った」のではなく「叶えられた」という。願いでたものが、受理されたとか、許可されたとか、そういうことであるかのように聞こえる。

このことについて、それ以上の深掘りはしなかった。

けれど、関連するかも知れない余談がある。

この物語から十年ほどもあと、国内を旅している道のりで友達カップルを訪ねていったときのこと。

友達の恋人さん（現在は奥さん）も、シャーマンの血をうけつぐ視える人だった。

夕食のあと彼らと雑談をしていて、前世だ来世だのはなしになったとき、彼女が急に眉をしかめて物を想うような顔になった。

「交渉をたくさんしてきてる……」

あ、視てたのね。

視る前にひとこと欲しいところだけれど、視る気がなくてもパッと視えてしまう場合もあるから、そうだとしたら仕方がない。

「交渉？　お金の交渉だったら僕はヘタだけどねえ」

「お金の交渉もしてきてるけど、それよりも神様と交渉してきてる」

おどろいた、おもしろい。

僕はこのときまで、神様と交渉する、という概念をもったことがなかった。

「例えば、酋長がいて、シャーマンがいて、もうひとつ特殊な立場があって、そういう人」

人によって、というか魂によって回数にちがいはありながら、誰でも転生をたくさん経験する、とはミワさんからも聞いていた。しかし、そんな人生も経験してきているのか僕は。

そこで、思い出した。

（あ、もしかしたら……）

ふたつ前の人生のあと僕が過去に転生したのは、「願いが叶えられた」からだったという。

そのときも、神様と交渉したのかも知れない。

僕がただ先にある次の生へと進まず過去に転生することが、いかに大事か、いかに意義あることか、神様にプレゼンテーションしたのかも知れない。

ついでながら、ここでいう「神様」は、聖書に伝えられる創造主のような存在ではないだろう。

天界で、いまどきの表現でいうなら高次元世界で、もろもろの処理役をつとめる存在たち、いわば事務官じゃないか、と僕は思っている。

この言いまわしで続けるなら、願い出はまず事務官にうけとられる。簡単に処理できない案件なら、事務長官なり審議会なりにまわされて、そちらで可否が判定される。といった、人間界とあまり変わらない機構なのではないだろうか。

いずれにしても、交渉の能力は、今の僕にとってもよいものだな、とも思った。

つまりは、よいものをよく伝える能力、よいものをよいと解ってもらう・感じてもらうための能力、ということになる。

よい価値観が広まること・定着することに、貢献すること。その目的のためにも有用であろう技能。

はたして、ちゃんと活かせているなら何よりのことだけれど。

## あるもの

ふたつ前の人生で、未来の世界にいきる科学者だった僕が、破滅をとめるためにつくろうとしていた「あるもの」。

それについては、ずっと教えてもらえないままだったし、僕からも訊ねるのをはばかっていた。

でも、前々世についてミワさんが最初に話してくれたときから二ヶ月ちかくが経ったころだったと思う。

ふたりで買い物にでかけた帰り道だったか、うちの近所を歩いていたとき、ひさびさに、雑談の流れにのってそれとなく問いかけてみた。

「僕はなにをつくろうとしてたんだろう」

言いながら、となりを歩くミワさんに目線を寄せる。あちらは黙って、わずかにうつむくのが横目にみえた。

視ているときの雰囲気だ。

「天使をつくろうとしてた」

答えてくれたことが不意に感じられて、ほんの刹那、思考がとまった。

その刹那後、納得した。

「あ〜あ、なるほどね〜」

いわば、象徴をつくろうとしていた、ということだろう。

人々の心がその一点にあつまるような、ひとつになるような、人を超えた存在。

僕たちはうちに着いて、ミワさんは続きを話してくれた。

「つくるだけの技術をヒロシくんはもってたからね。研究室に、ＳＦ映画にでてくるようなカプセルがほんとにあったんだよ」

「そのなかで、天使がつくられてた。肌が白くて、ストレートの金髪があごの高さでまっすぐ切られてて、翼があって、ヒザをかかえて座ってるような格好で」

僕は黙って聴いている。

「天使のカラダは完成してて、もうあとは魂が入るだけ、っていう段階だった。でも魂が入るまえに破滅が始まった」

「それを窓からみたヒロシくんは、自暴自棄になって、研究室のなかをめちゃめちゃにして、そのときにできるいちばん苦しい死に方で死んだ」

いちばん苦しい死に方……。

間に合わなかった自責の念からくる自分への罰のつもりなのか。それとも、願いが絶望になった分の口惜しさからくる当り散らしなのか。

「その天使のカラダに入ることになってた魂が、わたしだったの」

「入るのは間に合わなかったけど、すでにカラダと繋がってはいたから、わたしはヒロシくんが死ぬところをカプセルのなかから天使の目線で視てる」

この話を聴かせてもらって、僕がどう反応したのかはよく憶えていない。いつもどおり疑わずに受けとめたのは確かだけれど。

死に方については、それこそ最後まで教えてくれなかった。僕に伝えるには、あるいは単に言葉にするにも、あまりにむごたらしい描写になるものだったのかも知れない。


「でもさ」

答えをもらっておきたい部分がある。

「魂って、時間は関係ないんだよね？　なのに、間に合わなかったの？　間に合わせられるんじゃなくて？」

「あ、うん、と……」

ミワさんが、珍しく言葉につまっている、と思うと、

「いや、間に合わなかったのよ」

おすような口調で、あらためて言い切った。

魂というものが時間を超越した領域にあること。けれども、ミワさんの魂が天使のカラダに入るのが「間に合わなかった」こと。

きっと、どちらも本当なのだろう。両者のあいだを埋める情報が言葉になっていないだけで、矛盾していないし、そう描写するしかないものだったのだと思われる。


後年、僕は心のなかで、前々世の僕に異見した。

天使の降臨を演出して人々を導いても、それは偶像崇拝でしかない。人々の在り方・生き方が、真に自分の価値観で選び定まったものにならない。

短絡的な手段だ。

今の僕は、そのときの僕ほど頭はよくないけれど、かりに充分な技術をも

っていたとしてもその選択肢をとらない。

そして、さらに後年、この見方があらたまった。ある友人にこの話をしたとき、彼が「それ、短絡的じゃなかったんじゃねえの?」と言った。それが衝撃的で、思わず「そう考えたことなかった!」と叫んだものだった。

そうだ、破滅が迫っていることはわかっていたのだ。エリートたちが脱出のための宇宙船を準備しているぐらいだった。おそらく一般市民には知らせないまま……。

そんな状況で、訴えが届かない。

とあれば、偶像崇拝だとしてもとにかく破滅を回避するために人々が心と力をひとつにする必要がある、問答無用で彼らの耳を傾けさせるだけの存在が必要だ、と判断したのだろう。

苦渋の選択だったはずだ。いったんそうして出来上がった偶像崇拝から、自立した自己の価値観へと変容をうながすのは至難と思われる。

その筋道は、構想していたのか、その時々に考えるとしていたのか。いずれにしても、自分がその天使をつくったなどと明かすことはありえない。心服する人々のひとりを演じながら、できるかたちで進めていくつもりだったにちがいない。

ながい時間がかかることを覚悟していたにちがいない。

ずっと勘違いしていた。

天使をつくろうとしていた段階で物語がおわっていることで、それが当座の措置ではなく彼の結論だったと思い込んでいた。

今の僕は、そのときの僕ほど頭はよくないし、思慮も慎みもなかった。

## 再確認

僕とミワさんの交際は、一年ほどで終わる。

その後も、僕は専門学校での講師業をつづけていて、依頼があれば翻訳や通訳もしていた。

そして、二〇一一年三月一一日、東日本大震災、福島第一原発事故。

それをきっかけに、むさぼるような情報収拾の日々が始まった。

一九八〇年代に当時のソビエト連邦でおきたチェルノブイリ原発事故をゆうに超える、未曾有の事態のはず。なのに、政府は僕たちにそう思わせないように努めているとしか見て取れない。

調べるにつれて、社会がどう運営されているかについて知識と見解をもつようになっていく。

世界の構図、日本の立ち位置、それを今のかたちにしてきている歴史。

その歴史の最先端で今まさに起こっているさまざまな物事の意味が見えてくる。

しばらくすると、朝も晩もソーシャルメディアやブログなどで情報・意見発信をしている、ちょっとしたネット活動家になっていた。

そうした活動は、自分を観察して価値観を緻密・明瞭にしていく機会にもなる。むかし定めた人生の目的もそのまま、段階的にではありつつも、よりそれにそった在り方・生き方が練りあげられていくのを感じていた。


二〇一二年の夏がおわるころ、だったと思う。

僕はミワさんと連絡をとった。

かねてから考えていたことがあって、それについて訊きたい、という思いがつのっていたからだ。

視てもらう依頼として謝礼も用意する。

約束した日の午後、僕たちは恵比寿にある喫茶店で会った。

「時間をつくってくれてありがとう。ふたつばかり訊きたいことがあるんだよ」

「いえいえ。うん、いいよ」

ひとつめの質問。

「ふたつ前の人生で僕がいた世界ってさ、地球じゃなくてほかの星、ではないの？」

「ううん、地球だよ」

ふむう。

それなら、次の質問。

「その世界は未来だってことだけど、じつは現代なんじゃないか？」

かつてミワさんは、その破滅してしまう世界には「がんこ」な人々が多かった、といった。

それがずっとひっかかっていて、あるとき僕なりの解釈をもつにいたった。

(ああ、「頑迷」っていうことだな)

道理でものを判断せず、見たくないものにはフタをして改善しようとしない習性がしみこんだ、カタクなにマヨう人々。たしかに頑固だし、その種の人々は思いのほか多い、と僕は情報発信をとおして痛感していた。

この見方が正しいなら、僕はいちど現代に生きて破滅を目撃して、過去に転生して、また現代に生まれてきたことになる。その流れなら未来から過去への転生もあるし、僕がむかし閃いた「この文明はもう長持ちしない」という確信とも整合する。

「人種という概念がなくなっているぐらい人々が混ざっている」などといった点はとりこぼされているけれど。とにかくこの順序で、ミワさんがいうところの「世界のコースを変える」ことを……。

「ううん、現代じゃない、未来だよ」

ちいっ……。

どっちの質問にも即答かよ。

いちおう念をおしてみたけれど、ミワさんの答えも表情も変わらない。

考えながらけっこうな期間を過ごして、ついに意を決して連絡したし臨んで投げかけた可能性ふたつがあっさり押しのけられた。

にわかには飲み込めないけれど、受けとめるしかない、か。

そのあとは少しく会話がつづいて、僕は謝礼を差しだして、その会合はおわった。

（ふう……）

ふたつの可能性が、ひとまず考慮点ではなくなった。

いま思うと、考慮に含めない分だけ、その後の解釈がすっきりと構築されていくことが可能になった、といえる。その意味でミワさんの回答は意義が大きいものだった。

月過陽昇、日々はつづいて、季節はめぐる。

報道される出来事、報道さえされない動静、活動家を忙殺してあまりある変化が刻々と進んでいく。

僕の目にうつる社会は、明らかに幸福をすりへらす様相を呈して、かつさらにそぎおとす方向で運ばれていく。

世界全体で地象・気象の動きが極端になって、災害時代といえる状況にもなっている。

（やっぱり、長持ちしないな）

あらためて思う。

必ずしも破滅を意味するものじゃない。

この文明が一段落をみて次の段階にすすむ、という可能性を含めての表現になっているし、もちろん僕はそちらを見据えている。

これをお読みのあなたも、意識的あるいは無意識的に、そのために働きかける自分を生きているはず。

ともあれ。

このとき以来、僕はミワさんと会っていない。

そして、その後十年あまりの紆余曲折をへて、一個の全体像と結論にいきつくことになる。

# 考証編

## 世界線

ミワさんが教えてくれた僕の前世と前々世、そして今世。

これらは、どのようにつながって、ひとつの意味をなしているものなのか。

これまでの年月、僕はとりたててそれを突き止めようと試みてきてはいない。

手がかりになりそうな疑問がふと浮かぶときなどは調べもする。と同時に、不明点は不明点として留めるままで、その解釈や解明に急ぐようなこともなく過ごしてきた。

それが、年月とともに得ていく知識、とくに歴史の知識がある程度のものになって、さらに頭のなかで熟成されると、ひとつの点描画のようにつながる全体になった。

ここまでの物語をこうして述べてきているのは、正直なところ気恥ずかしい。そして、ここからの考察を述べるのは、もっと気恥ずかしいことだと思っている。

でも、今のところ、全体的な整合性が充分にあると感じられる推理がほかにない。おそらく今後も出てこない。

しかも、そこから導きだされる結論こそ、あなたにお伝えしたいこと。

気恥ずかしいと思いながら書いているんだな、と知りつつ読み進めていってもらえるとしたら、僕としてはとてもありがたい。

前置きが長くなった。

本題に入ります。

まず、二〇一二年にミワさんを呼びだしてまで確認した事柄について。

ふたつ前の人生で僕がいた世界は、ほかの星ではなくこの地球のものだし、現代ではなく未来のもの、とのことだった。

そのときは腑に落ちなかった。

けれど今なら、ミワさんが言ったとおりなのだ、と考えられる。


地球は地球でも、のっている時間軸がちがう。

昨今よく使われる俗語的な表現でいうなら、世界線がちがう。

つまり、僕たちが今いる現代から進んでいく時間軸のうえにはない世界。

パラレルな歴史がつむがれた先にある、あくまで「年表であらわすなら現在よりも後にくる年代」の世界なのだ、ということ。

例えば、西暦三〇〇〇年とか、西暦二五〇〇年とか。

そもそも、なんで僕は、未来から現代にではなく、未来から八〇〇年前に、そして現代に転生してきたのか。

この疑問はずっと、もやのようにつきまとっていた。

右の並行世界論なら、その答えが導きだされることが可能になる。


前々世の僕が生きていた未来の世界は、約八〇〇年前のバイカル湖周辺に僕が生きていなかった歴史の先にあったものだ。

それが、まずその時間軸を逆行して転生することで、そこから分岐する別の時間軸にのって進み始めた。その後の歴史がたどった先に、僕たちが生きて体験している現代がある。

「ブラジルの一匹の蝶の羽ばたきはテキサスで竜巻を引き起こすか？」という遊び心ある大げさな講演タイトルから生まれた「バタフライ効果」。この用語で知られる概念を考慮するならもちろん、そうでなくても歴史は人ひとりの存在・所作言動ひとつで展開が変わる・決まる事例で埋め尽くされている。

ものは言いようで、ミワさんがいうところの「世界のコースを変える」という僕の目的は、過去に転生した時点ですでに成された、とさえいえる。

もちろん、コースすなわち世界線が変わることそのものは、破滅の回避という目的が成されることを意味するわけじゃない。


いちど、整理する。

まずは二点ほど、お断りを。

一点め。

宇宙というのはせわしない場所で、そのなかでは毎瞬間・毎瞬間、あまた無数の世界線が分岐しているにちがいない。けれど、そこは除外して単純化したまま話を進めるものとします。

僕が転生して生きてきている主観的な世界線だけをとりあつかう、ということ。それ以外の叙述はどのみち不可能なのだけれど。

二点め。

「前世の僕、前々世の僕」が頻出するのを避けるため、それぞれに名前をあてがいます。

前世の僕を「アーヴ」とする。

前々世の僕を「ゲルク」とする。

どちらもモンゴル語をもちいました（前々世の僕は生きた地域が不明なので）。前者は「お父さん」、後者は「目撃者」という意味。


ここまでの話をまとめると、以下のとおり。

いま、僕たちの目の前に、一三世紀初頭あたりで分岐したふたつの世界線がある。

ひとつは、そのころのバイカル湖周辺にアーヴが存在しなかった、そしてずっと先の未来でゲルクが破滅を体験する世界線（無アーヴ世界線）。

もうひとつは、そのころのバイカル湖周辺にアーヴが存在した、そしてちがう歴史をつむいで今この現代にいたる世界線（後アーヴ世界線）。

これらふたつの歴史を考えて、比較する。

## 東西断絶

無アーヴ世界線では、一三世紀初頭ごろのバイカル湖周辺地域に、アーヴが存在しない。

後アーヴ世界線は、そのころ・そこに、アーヴが生まれてくることで発する。

そのころ・その地域では、遊牧・騎馬民族のもろもろの勢力が統一されて、モンゴル帝国が興ろうとしていた、あるいはすでに興っていた。

アーヴは戦士で、武将だった。

「自分の人々をまもるために戦っていた」というから、征服・拡大というよりも、外部からの侵攻に対する防衛や、抑止のための制圧、という意識でいたものと思われる。

ちなみに、征服・拡大する帝国化というものは、必ずしも支配欲で突き進められるわけじゃない。むしろ支配欲が原動力だとしたら、相当な大欲でなくては儚く散って終わる。

いったん乱世になると、平和を望む人々も、平和を望みながらも戦わなくてはならなくなるし、望むからこそ戦うことにもなる。

諸勢力が相克に相克をかさねた末に、少数の大勢力にまとまる。その拮抗状態でしばらくの安定期をへたあと、天下が統一・統治されることでやっと戦いが終わるものだ。

ともあれ、アーヴは戦っていた。

モンゴル帝国は、バイカル湖をかこうような領土から始まって、東・西・南に大きく版図を広げていく。

一二〇六年に初代皇帝チンギス・ハンが即位して、それから半世紀ほどのあいだに中央アジア・中近東・東ヨーロッパ・極東・東南アジアにまで勢力を広げて、ついには史上最大の陸続き帝国になった。

補足ながら、「元」という王朝は、モンゴル帝国と同一じゃない。第五代フビライのとき、一二七一年に帝国の東半分ぐらいを「大元」として、本人も元王朝の初代皇帝になる。

残りの地域は、四つのハン国およびチベットとして、元とともにモンゴル帝国をなす連合になった（ハンは「首長・君主」。漢字では「汗」）。

アーヴが戦っていた時期については、可能性として広めに、十三世紀初頭から前後四〇年ほどの幅を考慮している。ほかの遊牧・騎馬民族やアジアの勢力と戦っていたか、中近東・東欧といった異人種とも戦っていたか。

北には、というと、ほぼ広がっていない。

シベリアは極めて寒冷・広大で、人口寡少でもあっただろうし、そもそも制圧するべきほどの脅威や争乱がなかったのだと思われる。そこを、時代がくだって一六世紀の後期からロシアが進出・拡大していく。

ロシアは、今のウクライナあたりから広がったルーシ（キエフ大公国）を前身としている。

一三世紀初頭の当時、西側では中世の強国ポーランドやハンガリーなどと隣りあって、東や南にも当時の国々がありつつ、北欧フィンランドにも接しながら北東にのび広がっていくようなかたち。

一二三六年、その一帯へモンゴル帝国がウラル山脈をこえて遠征。周辺の国々も被害をこうむるなか、ルーシは一二四〇年に陥落する。

ルーシはそれ以後、モンゴル帝国の北西端に建国されたキプチャク・ハン国（ジョチ・ウルス）による間接支配をうける。

ロシア史にいう「タタールのくびき」がそれで、二世紀半にわたるひとつの時代をなしている。

一般的に、支配する側と支配される側は、明確に線引きされて当初はあまり混ざらない。

それが、モンゴル帝国ではとくに顕著だった。

彼らは、征服地の多くをじかに支配しないで、人々の営みのかたちをそのまま残して、従来の統治者をとおしての間接支配を好んだ。いったん支配が確立すると、納税と兵役が守られているかぎりはけっこう自由を許していたし、あまり干渉せずにいたらしい。

モンゴル帝国が信じられない速さで版図を広げられたのは、馬と短弓での速攻力にくわえて、この間接支配にもよるものだったにちがいない。

ルーシが攻略されたあとは、その先にあるポーランドやハンガリーも侵攻されて大きな被害をうけた。けれど征服には至らない。

そこから、西洋と東洋は、ルーシを緩衝材にした「東欧とモンゴル帝国」の境界をもって、互いに断絶された歴史をおくることになる。

ルーシから、ちょっと視点をさげて。

黒海の南、小アジアと呼ばれる地域では、一二五八年に成立するイル・ハン国（フレグ・ウルス）が今のトルコ東部までおよぶ。その西にあるルーム・セルジューク朝は一二四〇年代からモンゴル帝国の支配下にあった。

そのさらに西は、東ローマ帝国になる。首都のコンスタンチノープル（今のイスタンブール）は千年つづく難攻不落の大城塞で、そもそも西洋と東洋がはっきりと区切られている地点。

モンゴル帝国はもともと平地でのいくさは強いけれど城攻めが得意ではないから、どのみち西への進行はこのあたりで止まっていたはず。

ともあれ、ここでも西洋と東洋は、緩衝材になる国をはさんで「東ローマ帝国とモンゴル帝国」の鼻がむきあうかたちで均衡をもつことになる。

しかも当時は十字軍の遠征もあったから、東ローマ帝国はむしろモンゴル帝国と友好をむすんでイスラム勢力の優位にたとうとした（ただし友好的ながら実際の軍事的な同盟関係は成立せず）。

こうして、モンゴル帝国が西洋にくいこむまで広がると、シルクロードをつうじての交易が活性化した。

ユーラシア世界が争いなく秩序だって、パックス・モンゴリカ（モンゴルによる平和）とよばれる治世が一世紀あまりつづく。

ひろい帝国のなかでは関税が撤廃されて、自由な行き来と商業が振興されたし、商人たちはその移動を軍隊によって保護されたという。

宗教においても、元来のシャーマニズムのほか、仏教・イスラム教・景教（キリスト教ネストリウス派）が平等に受け入れられていた。

これが、僕たちが知っている歴史。

武将アーヴは、モンゴル帝国の強さに寄与していただろう。ミワさんがいうには英雄だったわけだし。

ちなみに、アーヴには「他にふたり同格の人がいた」ともミワさんは言っていた。

ひとりは弓の名手で、先駆けるアーヴを援護していたようだ。もうひとりについては、ついに聞くことはなかったけれど、武人か、軍師か。

ともあれ、彼らの連携は、一＋一＋一＝三以上の相乗作用をもって強さを発揮していたと考えられる。もちろん、他にも武将や勇者がいなかったわけがないから、彼らとの連携・相乗作用もあっただろう。

では、無アーヴ世界線での歴史はどうだったか。

少なくとも、モンゴル帝国はおなじ強さではなかった。

英雄ひとりがいないことも小さくはないし、同格の将たちをはじめ他の者たちとの相乗作用がないこと、兵たちの士気すなわち軍隊の強さへの影響力が欠けることを考慮すると違いはもっと著しい。

モンゴル帝国は、僕たちが知っているような大きさにはならなかった。となれば、東欧や小アジア（の少なくとも片方）に達するまでにはいたらずに、帝国の拡大はもっと手前のどこかで止まっていた。

極端な飛躍としては、帝国が早くに敗退・消滅したとか、そもそも帝国になっていない、などの可能性もあるにはある。

拡大しない分だけ、各地でほかの国どうしの分立・対立がより続いていくことになるし、直接支配のとりあいが続いていくことになる。

戦争ほど、大人数を遠距離に移動させるものはないし、異民族・異国民のいる場所をおなじにして後々の混交をうながすものはない。

その痛みをともないつつ、交流がすすむ。世代をかさねて人々・民族がより混じる、より文化や常識が均一化されていく。

ユーラシア大陸のひろい範囲で、その経緯がたどられていったことが考えられる。

とりあえず、まとめ。

無アーヴ世界線がたどる歴史では、僕たちが知っている歴史でよりも東洋と西洋がつながっていた。

そして世代をへつつ、ひろい範囲で民族たちが交流・混交したものと考えられる。

その後は、どうなっていくか。

## 海と事業

さかのぼって唐の時代、首都・長安は西洋と東洋が混在する超国際都市だった。のちのモンゴル帝国の首都カラコルムとおなじく、さまざまな宗教が受け入れられてもいた。

その後、宋の時代になると、自国の文化が重んじられて国際性がうすまっていく。

また、北方の遊牧・騎馬民族の国々が勢いをもって、シルクロードのひとつ「草原の道」がはばまれる（南方の「オアシスの道」や「海の道」はとおっていた）。

それらの勢力をまとめてモンゴル帝国が台頭すると、草原の道での往来が復活して、かつシルクロード全体が円滑につながって活性化した。

初期のモンゴル帝国はシルクロードを整備しながら拡大した、とみることもできる。


平和だからこそ、戦争にみられるような大規模な人の移動、その後にみられる民族や文化の混ざりあいはない。

シルクロードはそもそも長大で、道のりが過酷だし危険もともなうから、全行程を行き来する者はまずいない。各地の物産は、途中々々の主要都市で取引されながら駅伝式に移動していく。

例えば、活気あるイタリア商人たちは、その通り道である東ローマ帝国の領内で、首都のコンスタンチノープル、地中海の東岸、黒海の南岸、などに商売の拠点をもっていた。

ちなみに、元皇帝フビライにつかえたマルコ・ポーロもそんな家柄の出だった（正確にはマルコの父親と叔父がまずフビライに会っている。西洋人をみたことがないフビライは喜んだという）。

そのシルクロードも、一五世紀に突如として終わる。

ふるくからの大城塞で、東洋・西洋の接合点として交易の要地だったコンスタンチノープルが、一四五三年、オスマン帝国に攻め落とされる。

東ローマ帝国は滅亡。オアシスの道・海の道がとおる地域をオスマン帝国が支配して、彼らが貿易に介入するようになる。

西洋にとっては、それまでどおりに絹・香辛料など東洋の物産をえることができない。イタリア商人にとっては貿易で巨利をえることができない。

それが契機になって、大航海時代が始まる。

陸路に利得の望みがないなら海にでて商売する。

西洋のあちら側の端っこで、スペインとポルトガルがその先進国になった。

そうなるようにイタリア商人たちが働きかけたらしい。たしかに、両国があるイベリア半島は「西洋の貿易港」としてちょうどよい位置にある。

もともと地中海貿易などで航海がさかんだったうえに、イベリア半島はピレネー山脈にふさがれた陸の孤島だから、余計に海路をつかう国柄だった。

さらには、さかのぼって九世紀ごろ、北欧のバイキングとの交流ですぐれた造船術を吸収していた過去もある（バイキングたちはジブラルタル海峡あたりで獲れるマグロを好んだ）。


大航海時代になって、造船術と航海術、および兵器がおおいに発達する。

ということは、技術・工業が発達する。

陸路でよりも、速く・広く・多くのものが運ばれるようになる。

王侯貴族が投資家になって、貿易・商業が大規模におこなわれていく。

さらに新世界アメリカ大陸が発見されて、原住民やアフリカ人を人手（奴隷）にしつつ広大な植民地の開拓と事業が展開する。

こうして資本主義がかたちづくられていった。

そこに、宗教改革がおこる。

十六世紀、ローマ・カトリック教会は贅沢と堕落をきわめていた。それを批判して離脱した聖職者たちによって、勤労・節制を重んじるプロテスタント宗派が出現する。そして、事業拡大を奨励するジャン・カルバンの神学がさらに資本主義をおしすすめる。

欧州の勢力図もかわる。

オランダ、イギリスといったプロテスタント国家が強大になって、北アメリカ進出の主役になっていく。

また、株式会社という形態が登場する。

世界初の近代的株式会社は、オランダ東インド会社。鎖国日本の江戸幕府が取引したのはこの会社だ。

ジャン・カルバンは、その神学で「予定説」を採用した。

神様に選ばれて天国で永遠に生きることができる者は、あらかじめ決まっている、生きている間にどれだけ善行を積むかは関係ない、とする。

現代の人々、とくに日本人の僕たちがこう聞いても、「なんのハナシ？」といった感じでピンとこない。それが当時のヨーロッパ人にとっては極めて重大な議題だったことを心に留めておく必要がある。

では、自分が「神様に選ばれて天国で永遠に生きる」と予定されている者かどうかを、どうしたら知ることができるのか。

それに対してカルバンは、「職業をもって、成功すること」だと説いた。

この発想は、おそらく、もともとあるプロテスタント的な美学にくわえて、この時代の風潮にも影響されて、それらが融合したものだろう。

彼は、天職とは、たゆまぬ勤労・節制をともなうもの、と強調した。

英語には「天職」を意味する単語が二つある。古英語に由来するcallingと、ラテン語に由来するvocation。どちらも、神様が「呼ぶこと」という意味。

市民は、自分が選ばれた者であると知るべく、さらに勤労して、節制して、事業を拡大していこうとする。

中世に「ブルジョワ」といえば、市民階級・商工業者だった。貴族・聖職者でなく農民・労働者でもない、中間階級のこと。

近世には、彼らが資本家・有産階級になる。つまり今の僕たちが想像するブルジョワになって、存在感・社会的影響力をましていく。

えらい人がお金をもっている世界から、お金をもっている人がえらい世界になっていく。

それが、神のもとに人はみな平等と考えるプロテスタントの教義とともに、個人主義・人権・民主主義といった思想を台頭させてもいく。

商工業でも、特権的・保守的・閉鎖的なギルド制がおわって、自由競争に市場がぬりかわる。

世代がくだって、産業革命がある。

蒸気機関があらわれて、製造・運輸などの仕事量が爆発的にふえる。帝国と植民地が地球をつつんで、庶民はより仕事をもって物質的な豊かさを得ていく。

投資と実業、そして軍事。

それらが、資本主義と株式会社、そして植民地主義、というかたちで回転することは、技術と商工業が展開する速さを最大限にしただろう。

剣と聖書、そして事業も、使いわけては使いこなして勢力を広げていく。支配と搾取・する側とされる側の境界をくっきりと保ちつつ、広がっていく。

さらに世代がくだると、エネルギーは石油と電気にかわって、現代文明にいたる。

人々が自動車にのって、電灯が照らす部屋でテレビを観て、携帯電話で通信して、インターネットで仕事も買い物もする時代になった。

植民地時代は、表向きの政策としては終わったけれど、姿をかえてつづいている。私企業による、安い大量生産のための開発、権利の所有、生産者への不当な待遇。これらは実質的に同じだし事実上の政策、といってよい。

こうして近世からの歴史をみて、判ることがある。

現代社会のかたちは、単純に、大航海時代と宗教改革からの直流なだけだ、ということ。

僕たちはそれに乗ってきているだけ。

拍子抜けする話かも知れない。人・物・情報をより速く・広く・多く移動させる技術が発達してきているだけで、商業や経済における思想は、そのころのまま受け継がれている、といえる。

ちなみにそれは、世界の運営のために意図的にされている、と思ってよい。

これが、僕たちが知っている歴史。

無アーヴ世界線での歴史では、どうだろう。

戦争や交易などで、ユーラシア大陸のひろい範囲が表舞台のままだっただろう。

ほそぼそとしてはいても移動・運輸・商業のかたちも従来のまま、勢力図によって増減もしながら人や物産の行き来がつづいいたのではないか。

となれば、技術や工業もとくに急発達する必要性・必然性がないまま世代がすぎて、陸路での民族および文化の混ざりあいが、徐々に・徐々にすすむことになる。

ひと言でいうなら、中世とよばれる時代がより長くつづいた。

そのまま交流圏がゆるやかにオセアニアまで広がった、もともと交流があったアフリカでも広がった、などの可能性もある。

大航海時代のように大洋をこえていく革新は、いずれあっただろう。

アメリカ大陸も、ついには発見されていただろう。

宗教改革も、遅かれ早かれあっただろう。

けれど、資本主義・植民地主義・株式会社のかたちを急速に増長させるそれらの条件がそろうまでに、かなりの世紀を要したのではないか。

それに、それまでにユーラシア規模で出来上がっている体制があったなら、そちらを優勢な基盤として、国際社会の営みが発展していくことになったはず。

僕たちが知っている経済体制や商業形態とはちがうかたちが生まれた可能性もある。

視点をかえて。

一四世紀になったイタリアでは、こちらの世界線でもルネサンスが始まっていたと推定できる。

十字軍の失敗、ローマ・カトリック教会の権威失墜からくる神様ばなれで始まった、ギリシャ・ローマの古典文化を復興する動き。だから、モンゴル帝国との因果関係はあったとしても希薄だろう。

学問と芸術をめざましく高めた文化性と精神性の勃興。

それが、東西がより繋がるなかで、大航海時代からの事業熱にとってかわられることなく持続する。

となれば、西欧だけでなく東欧さらに東洋に、と伝播・影響した可能性もある。

この点をあわせても、無アーヴ世界線での歴史は、人々を仕事と金儲けに偏重させて駆りたてる要素がより少ないまま展開していったと思われる。

ここで、まとめ。

無アーヴ世界線では、西洋と東洋がおもにユーラシア大陸のうえで交流していた。

大航海時代とよべる段階がなかった、あるいはずっと遅かった。よって技術・商工業の発達もずっと遅かったし、資本主義・株式会社とよべる形態が成立したとしてもずっと遅かった。隣国間の戦争や地域間の交易がすすんでも、資本主義的な大量生産がない分だけ人手を必要としないため、植民地主義の発動も少なかった、と考えられる。

## 人間らしさ

ここまで見てきたことをまとめる。

僕たちが知っている歴史、すなわち後アーヴ世界線での歴史。

そこでは、まず東洋と西洋がほぼ断絶していた。大航海時代になって、技術・商工業がとても速く発達して、資本主義・株式会社の形態が成立して、植民地時代をへつつ急速にひろまって現代にいたっている。

無アーヴ世界線の歴史。

そこでは対照的に、主としてユーラシア大陸のうえでの東西交流がつづいていた。そのため技術・商工業の発達がとても遅かったし、資本主義・株式会社の形態が成立するのも遅かった、あるいは別の経済体制が定着した。

後者では、その分、世界地図が完成するのもずいぶん遅かっただろう。大英帝国のように地球をぐるりと制覇するような勢力も、出現したとしても遅かっただろう。

当然として人々の暮らしの変化も遅いから、世代と世代のあいだにも大きな違い、とくに価値観・常識の違いは生まれにくい。

技術と流行がめくるめいて塗りかえられる資本主義社会で僕たちが経験しているようなジェネレーション・ギャップは著しく少ない。

例えば日本の江戸時代のように、おじいちゃんもお父さんも、自分も子も孫も、暮らし方・考え方がほぼ変わらない世界がつづく。

そんななかでは、文化がよく醸造されると同時に、時間がとまったように世界の風景が変わらないし、技術の発達もゆっくりだ（一六世紀の戦国時代に伝来した火縄銃が一九世紀の幕末にも使われた。幕府の政策として銃器を発達させせなかったのもあるけれど）。

無アーヴ世界線の歴史を、かりに現在とおなじ二一世紀初葉で輪切りにして見られるとしたら、きっと僕たちから見てずいぶん時代がかった風景だろうと思われる。

そのままゆっくりと、さらに何世紀もかけて文明的達成値がつまれていくはず。

ちょっと、うらやましく感じられる世界かも知れない。

むかしながらの人々の営みと間柄が、ながらく続いている世界かも知れない。

でも、そう思えるのは、ある時点までだろう。

世界社会を運営する人々は、完璧な秩序をもって送られる完全な管理社会をめざしている。そして、その目論みはアーヴが生きた一三世紀よりも遥かにむかしから受け継がれているものだ。彼らは、世界の状況をみながら最適と判断する手をうって、社会をしかるべき方向にすすめている。

無アーヴ世界線でも、それは変わらない。

だから、その世界でなりの手をうちながら、おなじ管理社会にむけて、そのための世界統一化にむけて、歴史を動かしていたはず。

それが、ゆっくりだった。

決して急がず、そしてたゆまず、着実にコマを進めていく彼らにとっての最善の速さがそうだった。

その世界では、ある時点から、人々の人間らしさと主体性がきわめて乏しくなっていたと推測する。

ゆっくりと、ゆっくりと、体制による管理のもとで労働して、かつ飼育されるように生存する度合いを高められた人々の世界。

そうした生き方に疑問をもたない人々の世界。いわゆる「ゆでがえる」になっている度合いがきわめて高い人々の世界だった、ということ。

それが、科学者ゲルクの訴えを理解しない頑迷さになっていた。

この世界もそうじゃないか、と思う部分もあるかも知れない。

けれど、ゲルクの世界の人々は、僕たちの現代とは比べ物にならないぐらい「ゆでがえる」だったし頑迷だったことが想像できる。彼には同志どころか理解者さえひとりもいなかった（いたはいたのかも知れないけれどミワさんの叙述からはそう感じられない）。

この文明は、もう長持ちしない。

あなたもそう思うとしたら、希望を感じてほしい。

とても速く進行してきている僕たちの世界では、技術だけでなく世界情勢や社会制度が更新されるのも速い。そのため、全体的にみて、この現代では人々の幸福がすりへっていくのも速い。

けれど、その速い分だけ、人間らしさを失っていない人々、ゆでがえるになりきっていない人々がまだたくさんいる世界だから。

少なくともゲルクが生きた世界とはちがう。

「これイヤだよね」とか、「これおかしいよね」とか、「昔はこんな窮屈じゃなかった」とか。

「こんな世界がいい」とか、「こう生きよう」とか。

あなたのように、そう感じる人々、そう言葉にする人々、行動する人々がまだまだたくさんいる世界だから。

更新がすすむほどに、その違和感をもつ人々・つよめる人々はふえてもいく。

無感覚の状態から「目を覚ます人々」がふえていく。

自分が「何を望むのか」を見つめる人々・見出す人々もふえていく。

言葉にする人々、閃きをえて行動する人々もふえていく。

そして、そういう人々がふえるのを待つだけでなく、ふえるよう働きかけることができる。


そういう世界だから、僕は生まれてきている。

あなたと連携するために、分担・平行して、いっしょに仕事するために、示し合わせて生まれてきている。


ミワさんは、僕が「世界のコースを変えるために生まれてきた」と言った。

この言い方は、間違っていないけれど正確ではないと思われる。

また、僕が過去に転生したのは、「願いが叶えられた」からだと言った。

これは正しいと思う。

ゲルクは、文明が破滅してしまう世界を生きた。

そして、次の段階にすすむ前に、「破滅をのりこえる世界」を経験したかったのだ。


過去に転生すれば、そこから世界線は分岐する。

ゲルクが生きた文明それ自体が破滅をまぬがれるようにするのは、どうあがいても無理なのだ。

それなのに、過去に転生した。

あくまで自分のため、自分がそれを体験するため。

その願いが叶えられて、希望がある世界線にうつって、文明の大詰め段階にうまれてきた。

希望があるところに、便乗させてもらいにきた。

# 結論

未来の科学者ゲルクは、破滅をとめたかった。

この言い方も、間違ってていないけれど正確ではないと思われる。

彼は、みんなといっしょに、破滅をのりこえたかった。

彼が訴えていたことは、とても科学者らしいとは思えない内容でもあったのだろう。「科学者なのになんでそんなこと言ってるんだ？」と思われるような。

そして、文明が消えた。

ゲルクは過去に転生して、ちがう分岐の世界線にのって、その先の現代に僕として生まれてきた。

繰り返しになるけれど、希望がある世界だから生まれてきた。
これは、この文明は破滅しないことが確約されている、という意味じゃない。
確約されているなら、僕はうまれてきていない。
僕は、みんなといっしょに破滅を「のりこえる」ことを経験しにきているのだから。
のりこえられる可能性がどれぐらいあるのか、僕にはわからない。
わからないから、五分五分ということにしておきましょう。
でも、わかっていることがある。
みんなが自分のお役目につとめているなら、のりこえられる。
のりこえられるから、僕もご一緒させてもらっている。
のりこえたあとは、文明が姿をかえて飛躍する、次の段階に移るだろう。
だから、希望はあると知っていて、安心してお役目に励んでいってください。

落胆とか失望とか、している分だけ可能性がへってしまうから。

お役目というものは、ひとつとはかぎらないし、必ずしも目に見えるかたちがあるわけでもない。

行動というものは、その段階において・状況において、自分を表現している・自分の価値観を体現している結果にすぎない。

だから、段階によって、状況によって、はたまた価値観が練られるにしたがって、どんな行動をとるかが変わるのは不思議ではないこと。よい在り方の産物であるなら、それでよいことだし、最高なこと。

僕たちのお役目は、やらずにいられないことをやっていくこと。

そのために大切なのは、自分に正直でいること。

そうでいるほど明瞭になっていく願いとともに、願いの現れである気遣いとともに、ひとつひとつを丁寧にやっていくこと。

すると、自分でいることがもっとうまくなっていく。

そうしていくなら、絶対に、その恩恵をうける人がいるし、その恩恵をうける世界がある。

僕たちが、おたがい・いっしょに、恩恵を波及させては受けあう人々であり世界になっていくことに貢献している。

この文明が破滅から遠ざかって、世界の質が高まっていくことに貢献している。

秩序ではなく、調和に生きる人々であり世界になっていくことに貢献している。

だから安心して、お役目に励んでいってください。

みんながいれば英雄はいらない。

おたがい・いっしょに、やっていきましょう！

# おわりに

僕の友人で、明るい未来にむけたお役目を担っているひとりと思われる、非常に有能な人物がいます。

先ごろ、ひさびさに訪ねていったとき、その彼が、最近の社会の動きをみていてネガティブになっている、とこぼしたのでした。

そこで僕は、「希望はあるよ」と、ここでの話を手短かに伝えました。

後ほど、おいとまして運転している道すがら、彼ほどの人でもネガティブになるのか、と驚きをともないつつ思いました。

そうなる気持ちはもちろんわかりますし、世の中には同様の気持ちになる人々がいることも知っています。

でも、彼でさえそうなるなら、思っていた以上に多くの人がそうなっているに違いない。

もったいないことだ。希望があることを知っている状態で力を発揮していってほしい。その人たちにもこの話を伝えよう。

そう思ったのが、本稿を書くことにしたキッカケです。


僕はもともと、この現代に生まれてくる予定ではなかった者です。

ですから、いわば客分、特別出演として、皆さんとご一緒させてもらいにきています。

つまりは応援役。希望があるからこそ応援もできますし、僕はふたつのことに希望を感じています。


ひとつは、この世界のいまの状況に。

もうひとつは、今・ここにあなたがいることに。

本稿は、皆さんへの「応援の書」です。
ひとりでも多くの仲間に届きますように、嬉しい気持ちで、心から願っています。

二〇二四年九月八日　香取大志

# あとがき

「こんなの書いたんだよ」

と、干支がひとまわりするぐらい久しぶりに、ミワさんこと僕の元カノと連絡をとった。同時に、本稿を書くきっかけになってくれた友達にも連絡した。どちらも関心をもってくれて、こころよく草稿、そして原稿、と読んでくれては、嬉しいご感想、貴重なご意見を返してくれた。

本稿を上梓するにあたって、このおふたりには格別の感謝を表したい。

本稿を書こうと決めたあと、すぐに取りかかった。

これは文学作品じゃない。実話と僕の結論を共有することが主眼であって、そのため自然と、場面や人物などの描写が削がれた書き方になる。それでも思っていたよりも長く、中編小説にあたるぐらいの文量になった。

ひととおり草稿を書き上げたあと、読み返す。

走り書きみたいな草稿を、伝えたいことが過不足なく伝わるものになるよう心がけつつ、一字一句をたしかめながら清書していく。

読み返していて、あることに気づいた。

僕の前世について。

八〇〇年ぐらい前に、バイカル湖の周辺にいた。

剣で戦っていた武将で、君主の親友だった。

と、ミワさんは教えてくれた。

そして、それがちょうどモンゴル帝国がおこるころだった。


なにに気づいたかというと、ここまで特定されているなら、その君主もかなり特定されるな、ということ。

となれば、チンギス・ハンだった公算が大きいと感じられる。

第二代オゴデイだった可能性も、あるにはあると思う。ルーシや小アジアを落としてハン国の始祖になった孫たちや他の帝国内君主となると、ちょっと遠くなると感じられる。

ミワさんが教えてくれたけれど作中では触れていない周辺的な点、言葉にされていないけれど推測される点、など。それらも含めて頭に浮かびあがるのは、やっぱりチンギス・ハンだ。

それなら、チンギス・ハンの伝記をよめば、アーヴこと前世の僕らしき人物がでてくるのではないか。

彼に、親友だった武将はいたか、剣で戦っていたか、ほかにふたり同格の将はいたか。ついでにいうと、騎馬民族のくせに馬が下手だったか。

我ながら、気づくのがあまりにも遅いことに驚愕している。おかしいとも馬鹿みたいだとも思う。

これを書いている今をもってして、チンギス・ハンの生涯については読んでもいないし調べてきてもいない。

それだけ、個人を特定することが僕にとって重要ではなかったわけだ。今あらためて考えてみても、本稿を書くにあたってまったく重要でないし、むしろ頭にあるほうが邪魔になる知識や可能性だっただろうと思う。

僕の前々世、前世、そして今世は、文明が破滅するだのしないだのの話が起点であり焦点になっている。となれば、その二転三生にどんな世界史的な意味があるのかが重要だし、その観点と視野しか念頭になかったのだ。

しかも、その問いも、その観点も、こうして書くまでは無意識的にもっているにすぎない実におぼろげなものだった。そもそも進んで解明しようとも解釈しようともしてきていなかったし、たまに人に話すことがあるぐらいで公表するつもりもなかった。

それが、このたび書きだしたことで自分のそとにでたし、整理もされた。すると個人を特定できる可能性がみえた。

今はちょっと、チンギス・ハンの伝記をよむことに興味をもっている。よんでみて個人を特定できない・ピンとこないとしたら、彼につづく君主たちについて調べることになるだろう。

それとも、なにも読まないまま、知らないままでいようか。

しばらく迷って遊んでいようと思う。

著者

現世《いま》の綺羅星たちへ　～希望はあると知っていて～


発　行　日　2024年10月23日　初版第1刷発行

著　　　者　香取大志

発　売　元　株式会社 星雲社（共同出版社・流通責任出版社）
〒112-0005
東京都文京区水道1-3-30
TEL03-3868-3275　FAX03-3868-6588

発　行　所　銀河書籍
〒590-0965
大阪府堺市堺区南旅篭町東4-1-1
TEL 072-350-3866　FAX 072-350-3083

印　刷　所　有限会社ニシダ印刷製本



© Hiroshi Katori 2024 Printed in Japan



ISBN978-4-434-34901-0　C0193